271 Bis

1869 (20 Mars)

271. Bis. Andry

[illegible] 4336 - 25

[illegible]

| | | | | 23 % | | | |
|---|---|---|---|---|---|---|---|
| payé | Madame Andry 119 B.d S.t Michel | 626 | 25 | 144 | | 482 | .. |
| payé | Gihaut | 335 | 25 | 77 | 10 | 258 | 15 |
| payé | Bonnafé 42 rue de la faisanderie avenue impératrice | 120 | 75 | 27 | 50 80 | 92 | 45 |
| payé | Marqueron 33 chaptal | 68 | | 15 | 65 | 52 | 35 |
| payé | Springer 4 rue de Buci | 64 | 25 | 14 | 30 | 47 | 95 |
| | JGV | 28 | 25 | 6 | 44 | 21 | 80 |
| payé | Stahl 62 rue de Seine | 25 | 75 | 5 | 95 | 19 | 80 |
| payé | Felix Crevier chez Renouy | 20 | 25 | 4 | 60 | 15 | 65 |
| payé | Mad. Ribault | 10 | 75 | 2 | 50 | 8 | 25 |
| | Moureau | 4 | 50 | 1 | 10 | 3 | 40 |
| payé | Rolland avec le 279 réunis | 3 | 75 | | 90 | 2 | 85 |
| payé | Marvy | 3 | 25 | | 25 | 3 | |
| payé | Avenin | 2 | 50 | | 60 | 1 | 90 |
| payé | Picot réu. a 270e | 20 | 75 | 4 | 80 | 15 | 95 |

Quevremont

| | | |
|---|---|---|
| | 13 | 50 |
| 3 | 1 | 25 |
| 8 | 14 | |
| 2 50 | 10 | |
| Glace | 39 | |
| | 77-75 | |

| | | | | 23 % | | | |
|---|---|---|---|---|---|---|---|
| payé | Madame Andry 119 B^d S^t Michel | 626 | 25 | 144 | | 482 | .. |
| payé | Gihaut | 335 | 25 | 77 | 10 | 258 | 15 |
| payé | Bonnafé 42 rue de la faisanderie avenue impératrice | 120 | 75 | 27 | 80 50 | 92 | 45 |
| payé | Marqueron 33 Chaptal | 68 | | 15 | 65 | 52 | 35 |
| payé | Springer 4 rue de Bucy | 64 | 25 | 14 | 30 | 47 | 95 |
| | JHV | 28 | 25 | 6 | 44 | 21 | 80 |
| payé | Stahl 62 rue de Seine | 25 | 75 | 5 | 95 | 19 | 80 |
| payé | Felix Crevier chez Renouy | 20 | 25 | 4 | 60 | 15 | 65 |
| payé | Mad. Ribault | 10 | 75 | 2 | 50 | 8 | 25 |
| | Moureau | 4 | 50 | 1 | 10 | 3 | 40 |
| payé | Rolland avec le 279 remis | 3 | 75 | | 90 | 2 | 85 |
| payé | Marvy | 3 | 25 | | 25 | 3 | |
| payé | Avenin | 2 | 50 | | 60 | 1 | 90 |
| payé | Picot rev. a 270^e | 20 | 75 | 4 | 80 | 15 | 95 |

Queversmont

| | | |
|---|---|---|
| | 13 | 50 |
| 3 | 1 | 25 |
| 8 | 14 | |
| 2 50 | 10 | |
| Glace | 39 | |
| | 77-75 | |

| | | |
|---|---|---|
| Audry | 624 | 25 |
| Vignères Seguin | 840 | 25 |
| | 1464 | 50 |
| divers vendeurs a deduire | 130 | 75 |
| | 1333 | 75 |

| | | |
|---|---|---|
| Moniteur des Ventes | 10 | 80 |
| affiches et afficheur | 25 | |
| Catalogue | 44 | |
| Declaration Timbre | 7 | |
| Clerc Crieur | 20 | |
| Enregistrement | 35 | 42 |
| Droits de vente | 84 | 60 |
| Location de salle | 36 | 30 |
| Transport | 11 | |
| Commissionnaire | 5 | |
| Enregistrement du pouvoir | 2 | 30 |
| aff. et distribution du Catalogue | 13 | 50 |
| Voiture pour aller chercher et porter a l'Hotel | 5 | |
| Honoraires | 70 | |
| | 9 | 92 |

(271 bis)

# NOTICE
# D'ESTAMPES

DIVERSES ÉCOLES

ENCADRÉES ET EN FEUILLES

Portraits, Vues, Dessins
Cadres dorés, Christs, Curiosités
Buffet d'Orgue, Meubles

PAR SUITE DU DÉCÈS

**De M. le Docteur Félix ANDRY**

HOTEL DROUOT, SALLE N° 6

AU PREMIER ÉTAGE

***Le Samedi 20 Mars 1869***

A UNE HEURE PRÉCISE

Me **QUÉVREMONT**, Commissaire-Priseur,
Rue Richer, 46,

Assisté de M. **VIGNÈRES**, Marchand d'Estampes,
rue de la Monnaie, 13, à l'entresol, entrée rue Baillet, 1,

CHEZ LEQUEL SE DISTRIBUE LA NOTICE

PARIS
RENOU & MAULDE
IMPRIMEURS DE LA COMPAGNIE DES COMMISSAIRES-PRISEURS
**Rue de Rivoli, 144**

1869

## CONDITIONS DE LA VENTE

Au comptant.

CINQ POUR CENT en plus des enchères, applicables aux frais.

**M. VIGNÈRES, dirigeant la Vente, se charge des Commissions.**

NOTA. Toute commission, sans prix fixé ou sans limite déterminée, sera regardée comme nulle.

M. VIGNÈRES se charge de faire marquer les prix aux Catalogues des Ventes qu'il a faites. Les personnes qui le désirent peuvent s'adresser à lui *franco.*

Plusieurs Amateurs éloignés en ont reconnu l'utilité pour les guider dans leurs achats sur les valeurs des Estampes.

Les Catalogues des Ventes à faire seront envoyés aux personnes qui en feront la demande *affranchie.*

AVIS. — Nous prions MM. les Amateurs éloignés de ne pas attendre au dernier jour, pour que les lettres arrivent le matin de la vente ; ils comprendront que quelques lettres peuvent se lire, mais de 20 à 50 lettres, c'est difficile.

Chevalier 2 50

# DÉSIGNATION

1 Album du Grand Journal. 300 sujets sur bois. Volume in-fol. broché.

2 **Ansdell** (D'ap.). Duck, Pheasant. 2 p. anglaises, sujets de chasse. Grand in-fol.

3 **Aqua-Fortistes**. 39 p. à l'eau-forte, publiées par Cadart.

4 **Beisson**. Paesiello, célèbre musicien. In-fol.

5 **Bellangé**. Sujets d'enfants, de garde nationale, Souvenirs militaires, etc. 39 p. Belles ép.

6 **Bernardi**. Statue de Voltaire et autre. 2 p.

7 **Blot**. Bergers d'Arcadie, d'ap. Poussin. Très-belle ép. encadrée.

8 **Bois modernes**. Très-grand in-fol. Les Boulevards de Paris. — Bataille de Solferino. — Photographie de la cour d'honneur du Palais du Dey d'Alger. 3 p.

9 **Bonington**. Fontaine de la Crosse, à Rouen.

10 **Bouchot**. Une Consultation mise à profit: cinq personnes et le chien à guérir. Lith. coloriée, rare.

11 **Bouquet**. Portrait de Latour du Pin - Montauban, évêque de Nancy, archevêque d'Auch, archevêque de Troyes. Petit in-fol. en couleur.

12 **Calamatta**. Portrait de Lamennais. Superbe ép. sur chine avant la lettre, avec dédicace signée par le graveur.

13 — Léopold, roi des Belges. Signée.

14 **Callot**. La Chasse, Carrière, Jeu de boule, Tour de Nesle, Tentation de Saint Antoine, Balli. 23 p.

15 **Caricatures**. Inconvénient de la chasse. Le Coup de vent. Lutrin. Sermon de Village. Première nuit et lendemain des noces. La Prudence maternelle. L'Homme aux six têtes. 12 p. coloriées.

16 **Chardin** (d'ap.). Sans souci, sans chagrin: jeune fille avec raquette et volant, par *Lépicié*, *1742*. Superbe ép. grande marge, à Lyon, chez Gentot.

17 **Charlet**. Sujets des écoles, d'enfants, fantaisies, sujets militaires etc. 48 p. Très-belles ép.

18 — Est-ce un dindon? Valentin, Géricault. 16 p. Très-belles ép.

19 **Civeton**. La Communion de la reine à la conciergerie. Lithog. in-fol. Très-belle ép. marges.

20 **Claessens**. La Femme hydropique, d'ap. G. Dow. Très-belle ép. encadrée.

21 — D'ap. Rembrandt et autres. 10 p. avant la lettre, chine, superbes.

22 **Coney**. Cathédrale de Rouen, extérieur et intérieur. 2 p. in-fol.

M. 13

[illegible]

M 5

[illegible]

Charlin 3

[illegible] 30

[illegible] 6

23 **Daumier**. Caricatures. 40 p.

24 **Debucourt**. Promenade de la galerie du Palais-Royal, en couleur: jolis costumes et excentricités de l'époque. In-fol.

25 **Delaroche** (d'ap.). Saint Vincent de Paul prêchant devant la cour de Louis XIII. Cadre très-riche.

26 **Desmadril**. Sainte Famille, d'ap. Raphaël. Grand in-fol. Cadre noir.

27 **De Son**, 1625. L'Excellent frontispice de l'église de l'abbaye de Saint-Nicaise de Reims. — Le somptueux frontispice de l'Eglise N.-D. de Reims. 2 p. in-fol., rares.

28 **Dupendant**. Biche apprivoisée, Vrai Pékin à Paris, etc. 6 p. charges coloriées.

29 **Durand - Brager**. Combats maritimes de Francais contre Anglais. 2 lith. coloriées, in-fol.

30 **Dusart** (Corneille). Le Violon assis B. 15. Très-belle ép.

31 — La Fête de village B. 16. Très-belle ép.

32 Eaux-fortes et Lithog. d'ap. Delacroix, Prudhon et autres, de l'Artiste, des Beaux-Arts, galerie de Versailles. 30 p.

33 **École** Allemande et Flamande. Adoration des Mages, de Lucas de Leyde. La Baleine, par Matham, et autres par et d'ap. Rembrandt. 14 p.

34 **École de Fontainebleau**. Arabesques, etc., par Ducerceau. 11 p.

35 **École** Française et autres. Frère Luce, l'Emplette inutile, et autres. 21 p. 2 lots.

36 **Fleurs** de Baptiste, N. Robert, Teissier. 24 p.

37 **Forster**. Uranie, d'ap. Raphaël. Superbe ép. sur chine, cadre très-riche.

38 **Freudeberg** (d'ap.). L'Événement au bal, et 2 vignettes d'ap. Moreau pour Rousseau. 3 p.

39 **Garnier**. Les Saisons, 4 jolies têtes de femmes. Très-belles ép. in-fol.

40 **Gaucher**. Couronnement de Voltaire sur le théâtre français aux Tuileries, d'ap. Moreau le jeune. Magnifique ép. d'artiste avant la lettre les noms d'artistes à la pointe. Grande marge. Très-rare.

41 **Gavarni**. Etudians, 9; Lorettes, 9; Carnaval, 6. En tout 24 p. coloriées.

42 — Enfants terribles, Paris le soir, Clichy. 14 p. ép. du journal, et 14 bois des Œuvres choisies. 28 p.

43 — Œuvres choisies. In-fol. à 4 sujets à la feuille. 520 sujets en bois, broché.

44 — Masques et visages, ép. avec le journal, Paris, et Carnaval en couleur. 18 p.

45 **Graves**. Mathématical abstraction. — The enthusiast, le Pêcheur goutteux. 2 p. charges.

46 **Greuze** (D'ap.). Gâteau des Rois, par Flipart. — Lecture de la Bible, par Martenasie. 2 très-belles ép. encadrées.

47 — L'Aveugle trompé; Diane et Actéon, avant toute lettre. 2 p.

48 **Himely**. Panorama du Nil d'ap. Horeau, en bistre.

49 **Hopwood**. Louis-Philippe et Marie-Amélie. 4 p.

M. 12 X 40 Goncourt 27.

N. 27

Bordereau

| | | | | |
|---|---|---|---|---|
| 6 | Bernardi Statue de Voltaire | | 2 | |
| 9 | Bonington | Chaulin | 2 | |
| 10 | Bouchot | Cusco | 2 | 75 |
| 12.13 | Calamatta | Michelot | 17 | .. |
| 16 | Chardin | Ed. R. | 5 | .. |
| 20 | f. Hidropique | Blaisot | 31 | .. |
| 24 | Debucourt | Leman | 80 | |
| 35 | E. Francaise | Martineau | 5 | |
| 40 | Gaucher Couronne de Voltaire | Ed. R | 28 | |
| 43 | Gavarni | Michelot | 5 | |
| 48 | Le nil | | 1 | |
| 49 | Hopwood L. Philippe M. amelie &. | | 1 | |
| 65 | Malapeau | Michelot | 5 | |
| 78 | Portraits 30 | | 7 | |
| 79 | Portraits 20 | | 3 | |
| 86 | Napoleon | Fontaine | 4 | |
| 87 | M. Louise | Fontaine | 3 | |
| 90 | Richard 2 cadres | | 10 | 50 |
| 93 | Beranger 8 portraits | | 1 | 50 |
| 97 | Rossini | Martineau | 2 | |
| 100 | 8 Vignettes | Martineau | 2 | 25 |
| | | | 218 | 00 |

| | | | Fr. | c. |
|---|---|---|---|---|
| | | | 218 | |
| 103. | Vignettes en bois | Martinon | 4 | |
| 105 | Woollett 2 cadres | | 6 | 50 |
| 106 | Vues 13 | | 1 | 50 |
| 107 | Normandie | Chaulin | 3 | |
| 122 | dessin fontaine des innocents | | 7 | 50 |
| | Charlet | Gehaud | 5 | |
| 140 | 45 pièces | | 5 | 50 |
| | 1 Flacon | | 1 | |
| | | | 252 | .. |
| | | | 12 | 60 |
| | | | 264 | 60 |

50 **Jazet**. Le Pont d'Arcole, d'ap. H. Vernet. Belle ép. encadrée.

51 **Jeux** du voyageur en Europe, des Merveilles de la nature, de l'Histoire ancienne de la Grèce, de la Monarchie française. 4 p.

52 **Le Bas,** d'ap. Téniers et autres, des cabinets Choiseul, Le Brun, etc. 23 p. Superbes ép. toute marge.

53 **Le Brun.** Elévation de la croix, par Audran. — Entrée à Jérusalem. — Jésus portant sa croix. — Transfiguration, d'ap. Raphaël. 4 cadres.

54 **Lemaître.** Ruines de l'abbaye d'Estins, Déjeuner dans la forêt d'Eu. 2 p.

55 **Lepeintre** (D'ap.). La Cage symbolique. Superbe ép. toute marge.

56 **Le Poitevin.** Les Diables de lithographies. 14 p. très-belles ép.

57 **Le Prince.** Inconvénients du voyage en diligence. 12 p. coloriées rares.

58 **Le Villy.** C'est inconcevable, Faites la paix. 3 p.

59 **Lithographies,** par V. Adam, Deveria : Grand chemin de la Postérité, etc. 16 p.

60 — Vues de Reims pour le Sacre, Chevaux, Scènes d'enfants, etc. 18 p.

61 — Diaz, Beaux-Arts, Musée, etc. 25 p.

62 **Lithographies coloriées.** Adieux de Cinq-Mars, Fleur-de-Marie, Deux jours et deux ans de Mariage. 4 p.

63 — Parisiens, Amours, Jalousie, Inconstance, Désespoir. 5 p. in-fol. coloriées, d'ap. Deveria.

64 **Maile.** Napoléon à Sainte-Hélène, avant la lettre.

65 **Malapeau.** Quatrième Vue de Versailles, Louis XVI passe les troupes en revue dans la cour du château, in-fol. Superbe ép. toute marge.

66 **Mallet.** Le Culte naturel : présentation d'un enfant nouveau-né. Pièce d'une grande rareté.

67 **Martinet.** La Rêverie.

68 **Martini.** Exposition au salon du Louvre en 1787. In-8°. Sup. ép. donnée à M. Wille, graveur, marge.

69 **Marvy** (Louis). Album des Promenades à Hyères (Var), d'ap. les dessins de Denis. 12 p.

70 **Mechel.** Lever du philosophe de Ferney.

71 **Metzmacher.** Transtéverine, avant la lettre.

72 **Nanteuil.** Portrait de Michel le Tellier (R. D. 128). Très-belle ép.

73 **Née.** Vues de Trianon, Arcueil, Pontoise, Bagatelle. 6 p. in-fol.

74 **Ornements,** Ducerceau, etc. 18 p.

75 **Pigal.** Métiers de Paris et autres. 9 p. coloriées, très-belles.

76 **Portraits** in-8. Col. Delpech. 60 p.

77 — Acteurs, Brunet, Odry, Talma et autre. 18 p.

78 — Gravés et litheg. 48 p. 2 lots.

79 — Gravés et lithog. 40 p. 2 lots.

80 **Prieur.** La Reine (Marie-Antoinette) à la Conciergerie; en veuve, tiré du cabinet de M. l'abbé Carron, in-4°. Sup. ép. grande marge.

81 **Prudhon** (D'ap.). La Lecture, encadré.

N. 13

82 **Raffet.** Dernière charge des lanciers rouges à Waterloo; Attention; Charge de hussards, etc. 9 p. très-belles ép.

83 — Tiens, grand'mère, voilà mon prisonnier; Artilleur, Lutzen, Le Terme, etc. 32 p. très-belles ép.

84 **Raimbach.** The blind fiddler. — The rent day. 2 très-belles ép. d'ap. Wilkie, encadrées.

85 — The Penny Weeding. — Blind-man's buff. 2 très-belles ép. d'ap. Wilkie, encadrées.

86 **Ribault.** Napoléon, costume du sacre.

87 — Marie-Louise, d'ap. Bosio, in-fol.

88 — Pâris et Enone, la Mandoline. 2 p. Superbes ép. d'artiste, chine.

89 — Cathédrale de Reims. Sup. ép.

90 **Richard** de Lyon (D'ap.). Charles VII. — Valentine de Milan. 2 sup. ép. avant la lettre, encadrées.

91 **Robert** (Nicolas). Fleurs d'ap. nature pour l'amusement des dames, etc. 29 p.

92 **Ruotte.** Mlle Raucourt, in-fol. d'ap. Gros.

93 **Scheffer** (D'ap.). Béranger par Reynolds, Dupont de l'Eure, portraits de femmes. 8 p.

94 **Senus.** Portrait de l'amiral Ruyter, in-fol.

95 **Sluyter.** La Madeleine, d'ap. Scheffer.

96 — Cantabimus et Psallemus, d'ap. Bosboom.

97 **Thevenin.** Portrait de Rossini, ép. avant toute lettre, sur Chine, superbe.

98 **Tomkins.** Vie de Cupidon. 18 p. coloriées.

99 **Vestier.** Henri Masers de Latude, in-fol., à mi-corps, montre la démolition de la Bastille.

100 **Vignettes** anglaises. 5 p., grand papier.

101 — Et portraits, Histoire romaine. 12 p.

102 — Pour l'Histoire de la Révolution, d'ap. Scheffer. Superbes ép. avant la lettre, sur Chine. 27 p.

103 Vignettes en bois modernes, ép. sur Chine volant. 51 p. d'artistes.

104 **Wagner.** La Cène, d'ap. Léonard de Vinci, gr. in-fol. Sup. ép.

105 **Woollett.** Solitude et Campagne de Cicéron. 2 belles ép. encadrées.

106 **Vues** de France, par Deroy et autres. 63 p., 2 lots.

107 — De Normandie, Caen, Rouen, etc. 8 p.

108 — Des Pyrénées, par Dandiran, Jacottet et autres. 30 p.

109 — Et Monuments, Moyen-âge pittoresque. 25 p.

110 — D'Angleterre, 15; Belgique, 6; Bade, 9. En tout, 30 p.

111 — Italie, gravées, noir et couleur. 40 p.

112 — Italie, par Deroy, Calame. 20 p.

113 — De Suisse, Villeneuve, etc. 16 p.

114 Monument du baron Larrey, Atlas des environs de Paris, Musée Philippon, etc. Un lot.

115 **Divers.** Vierge de Murillo, École italienne, etc. 14 p.

116 Tableaux du Système solaire, 2. — Hauteurs des Montagnes, Fleuves, Cathédrales, Monuments, Pavillons, etc. 9 p.

117 Cartes et Plans de Paris, les environs, Bordeaux, Lyon, Reims, Troyes et autres. 30 p.

Chaulin 5

[illegible]

[illegible]

122

Bellangé 5 50

Charlet 1

[illegible]

[illegible] 2 50

Decamps 3 25

[illegible] 3

[illegible]

[illegible]

4 [illegible]

[illegible] 5

[illegible]

1 grand [illegible]

2 Cadres en bois [illegible] 8 50

4 [illegible] 3

[illegible] 50

[illegible]

[illegible] 5 50

2 5

[illegible] 1

[illegible] 50

4 [illegible] Colorié 3

118 **Cadres sapin.** Cathédrales d'Anvers et de Rouen. 2 cadres.

119 — Vues anglaises. 32 p., dans 2 cadres.

120 — Charlet et Vues lithog. 8 cadres.

121 Quantité de Gravures et Lithographies, par Roqueplan, H. Vernet et autres, seront divisées sous ce numéro.

122 **Dessins** de Bellangé, Charlet, Deveria, seront vendus sous ce numéro.

123 **Cangiage** et autre. 5 dessins.

124 **Girodet.** Combat d'un Soldat français contre un Turc, grande étude crayon noir, sous verre.

125 **Jouy.** Deux Études de Têtes très-terminées aux crayons noir et rouge.

126 **Scheffer** (A.). Ange soutenant le Christ, esquisse au crayon.

127 **Éventails.** Éruption du Vésuve, 1794, gouache sur peau. — La Glaneuse, sur papier, 2 p.

128 **Croquis.** Marine, par Durand-Brager; Portraits, Têtes, etc. 18 p.

129 **Dessins.** Costumes grecs originaux du pays, Tête de chien, Portraits, Danseuse espagnole, etc. 12 p.

130 Très-beaux Cadres dorés, avec leurs verres et cartons, seront divisés sous ce numéro.

131 Coffret chinois hexagone en ivoire, découpé à jour, de la plus grande finesse.

132 Christ en bois, très-beau.

133 Christ en bronze, très-beau.

134 Christs en ivoire et en bronze. 2 p.

135 Très-beau Coffret, entièrement recouvert et ornementé de coquillages.

136 Un Thé, Tasses, Soucoupes, Pots et Assiettes en porcelaines anglaises.

137 Beau Guéridon en acajou.

138 Fauteuil dit Crapaud et 4 Chaises damas bleu, un Écran taffetas vert.

139 Un Buffet d'orgue, avec 4 rouleaux, avec plusieurs airs sur chaque.

140 Sous ce numéro, les objets que le temps n'a pas permis de cataloguer seront vendus à la fin de la vente.

RENOU et MAULDE, imprimeurs de la Compagnie des Commissaires-Priseurs
rue de Rivoli, 144 22349